U0939630

文字是供养和繁荣生命的方式，
唯有它不曾被时间损伤。

——自言自语

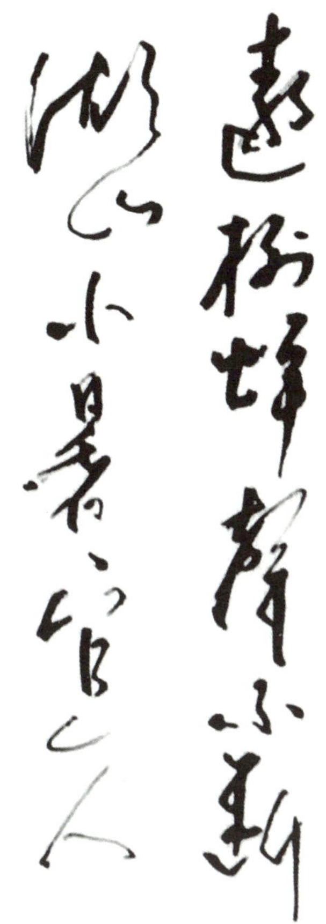

自然自在

刘松林 著

CNS
湖南文艺出版社 · 长沙

序

写诗的时候，我是太平街上的市井之徒，就是太傅里旁的井边的汲水人，着裆裆小衣，趿烂巴鞋，从心所欲，放肆蚩拙。

巷子里，晾在阶台上的寂寞是我要好的朋友，挂在墙角边的夕阳是我喜爱的行头。我三不三拏片闲云垫在沚边的斜石头下，端坐其上，看世间人生百态，偶尔把自己摆放其间，从流自在。梦醒酌酒，口渴啜茶，总之要把自己招呼好，才有可能把诗招呼出来。

诗是宣泄，泥沙俱下，鱼龙混杂。只要通畅，什么都行，也就通泰痛快起来，如此说来诗也是剂解药，能泄去许多愁。“恰似一江春水向东流”写罢后，相信写家的愁应该流失了不少。

诗中不谈正事，因为我不会捏白，又没有什么大的气魄。句子里见不得龌龊的字，那会弄脏自己的手指，郁坏了别人的眼睛，还要委屈干净的笺纸。诗其实是由内向外的展示，展显心头情绪，显示心底藏蕴，这样说来诗无所不及，无所不是，博大、丰富、精神。大家心境不尽相同，心历度量又不统一，于是诗活跃活泼起来，五花八门。自己认定珍贵的东西，别人认为一文不值，你觉得精彩的桥段，我又不屑一顾。非常一般的集合中不经意偶得的妙品，懂她的人马上能够感识得出来。你忽视的珍贵，会有人看得明白。外行看热闹，内行看门道，热闹门道，门道热闹，高兴就好。常人说东西是老的值钱，我以为好东西当时就是精品，当代的经典绝对是好东西。

我从不认为现代人作的诗词会比古人的差，至于其他的文学作品，在下不敢妄加评论。那调侃的短信，走心的歌词，如过江之鲫，终有灵光闪动，声色俱佳，绕梁不遁。听到一首拍案叫绝的好诗，别人告之作者好像是唐宋名家，你直呼三生有幸，远古高深。这时有人站起来更正，说那是隔桌喝茶的张三的胡诌，你把脑壳摇断，连呸三声，说是吃了一粒烂花生，整个人都不朝他坐的方向掉转身。精彩精致的厚古薄今。

如至今没有一个说写诗会赚钱的，恐怕没有什么人靠写诗讨回生计，照此说来当下市场经济只有诗跟它没结什么缘，诗因此少了铜臭，多了干净。真正惜美的人是爱诗的，有的人爱她费了时辰，更有甚者还搭上了年轻的性命。说到自己，我对她淡淡喜欢，爱得纯纯。

目 录

晨雨雪夜 077

太平街西巷

长沙人几乎无人不识太平街。太平街坐落于长沙市老城区南埠，街区为南北走向，以太平街为主线，自战国时期长沙有城池始，其核心地带一直未变。如此成就了长沙，为华夏唯一一座三千年以来中心城址从未移动过的城市，历经沧桑，亘古不变。

太平街分上下两段，北望西长街为下，南接福胜街是上。

街区呈鱼骨状，以太平街为主骨，东辟西牌楼、太傅里、朝阳巷；西启马家巷、孚嘉巷、金线街。小巷错落有致，间距匀净，其历史格局数百年不曾变改。

谢谢上苍，让我追逐新时代的光泽来到这个世上，吸新鲜空气，沐楚南和风，处太平街市井文化熏陶长大。

我家世住太平街首席西巷。小巷最高的建筑是幢三层的木楼，旧旧地矗立在巷子的南隅，住着多家人。鄙家置顶层，绝对制高点。临窗能望见巷子里每片角落，架起自制水枪能扫射过往路客。我，不依仗地形，从事射击运动，那是因为本人缺乏装备、生性怯懦。对门的军宝可谓文韬武略，提枪登楼躲闪窗后，屏息凝神射目标，弹无虚发。被击者以为骤然降雨，仓促逃窜。狙击手哑然失笑，打酱油的我跟哒打哈哈。

街巷鲜有草木，很少感觉春天的存在，自然对秋日也没什么印象。小巷夏天活跃、明亮，冬日安静、吉祥。

盛夏，湘江涨大水，江水从下水道溜到岸上，漫进我家大门口，小巷宛若小港，木筏子悄悄蹚了过来，“小巷民”蜂拥而上，木筏子立马搁浅。隆冬，大雪霸满了小巷，麻色的路一片白板，平日突兀的阶基隐显两条静谧的平行线，仿若雪域里铺就宽轨的铁路。

最爱还是夏天。

站在巷子中间，我无限热爱东升的曙光，太阳始终照耀在头上，我无比崇拜西挂的斜阳，热风劲吹，人声喧响。

朝起，青石板路，挈水井台，姊妹斜提半桶浊水，挥舞长柄刷把，上下来去，左转右旋。举手间，即把“混元金斗”刷得锃亮。

晌午，匆匆饭后，伢妹子避开家长，中、食指上下摆动打手势，三五结群，二四邀伴，湘江河里打练滚。男生油抹令光，飞流直上；女生轻装简从，随波漂荡。楼下水儿浪里白条，我家小妹弄潮新秀，纵江天共色，百鹭齐趋。

黄昏，哥哥扯桶井水，小弟背来竹板。清新沁凉之水，平息街阶浮躁。竹床一字铺开，似咸鱼条子摆上。夕阳斜去，晚风吹来，鼾声此起彼伏，呓语接地连天。

夜深，小吃摊贩横担路过，铃铛声早已走远，嘴角还流挂念。隔壁大李老李，撑一豆油灯，骑一匹长凳，低声吆喝，划拳猜掌，嗑半碟麻壳花生，酌二两深巷老酒，举稀疏蒲扇，轻摇晃——

风摇福来。

月光清明

踏着昔日的沉重，轻的梦静静来。南窗外，云飞雪落，深深浅浅——

外婆在窄门后的笑容，那么遥远，那么温柔，而又那么肯定地一去不返，年幼的我迈着两条小腿软软地向外婆跑去……

夜晚，后院，僻静，悠然。

我撕下一枝寒梅，突然想起有人说过，“月亮是夜晚的伤口”。我转过背，慢慢，慢慢向着夜的伤口走上去，那一绺蜡黄紧紧攥在我冰冷的手心。

布衣少年

一搂朗月，
一掬霄烟，
家在太平街西边。
黄昏当下，
傍巷头食肆，
坐饭堂桌沿，
观说书人口若河悬。
咏叹，
风波亭上；
吟唱，
封神榜前。

十年自由散养，
三伏翻江，
三九弄雪。
朝起浩歌而去，
暮落倒担而归。
闹中滋事，
忙里偷闲。
时空穿越，
我正是布衣少年。

马 驹

森林后面
有小院，
小院后廊，
我养了匹枣红马驹。
艳色缎面闪动，
流光溢彩。
我喜欢
她涉红壤的轻松，
扬起不群的存在。
我喜爱
她步霾雾的干净，
踏出与生俱来的豁达高贵。
我有两枚旧藏
咸丰元宝
隆武花钱，
托银匠巧改成铃铛。

银铃伴踢踏，
尘土追呼啸，
小马驹渐渐长大。
晨曦，
青枝丫下饮马，
撞落第一滴露水。
日暮，
踹苍茫
溅起几缕金黄。
风梳烟沐，
信马由缰。

* 突然想起我女儿属马。

伺候自己

提笔划诗，
我就是童子精灵，
涂鸦星际，
弄崇山，
横海底，
呼风唤雨
一个筋斗十万八千里。
丢下笔，
我就是凡夫俗子，
低于尘埃，
如虫，
如蚂蚁。

赖在浑水里，
是鳅，
是虾米。
我喜欢凭空想象，
从心所欲，
越规逾矩。
但能
呆滞泥土现实，
扶护生灵，
好生伺候自己。

夜折叠

暮色
一滴滴掉了下来，
淌在瓦楞上，
铁一样乌黑发亮。
茶釜和泥炉
闪烁精亮响声，
桌上
水仙
素心若简，
疏影浮香。
茗汤温三次，
苔衣厚三层。
天重水冷，
心趋寂然。
夜色折叠起来，
递给又一个早晨。

打牌喝酒

人生三角，
打牌切磋，
人生几何，
对酒当歌。
从明天起
要学会打牌，
试着喝点酒。
凉拌唐宋月光，
勾兑浊酒洒湖面。
依仗明清风霜，
把一手烂牌甩在路上。

大巴山月

大巴山月很远，
在我父亲旧居那边。
年少时读过
楚人的诗句。
光阴吝啬，
只剩下那么一点点。
我把它誊写
语文课本扉页，
“大巴山月，
明亮，亲切，
挂在稚拙的胸前。”
仿若我交给老师的作业，
实在
韵味，
飘飘然。

是日，

天黑了下去，

月亮挑在后院林梢上，

妖娆

妩媚。

骑在我头上的“酒窝窝”两岁，

兴奋直嚷：

“月亮——拿下来——看书——”

声音高昂，

激越。

你可是当年明月？

让我怦然心热。

岁月

蓦然大方，

把大巴山上宝贝，

贴在我火样心间。

来过

林深，

古刹，

疏钟。

伸手接落花，

瘦马搭西风。

西风衔来

单薄黄昏，

落花撒下

不尽凝重。

一腔雁叫临空，

划破眼前伶仃。

屋檐水跌在现窝里

春雨缠绵，
檐水性急，
一点追一滴
跌在现窝里，
呻吟缕缕碧藓。
青苔入睛，
情节感动。
横竖篱笆，
窄门锈锁，
锁不住一叠心迹。

家织布

踏夕阳，
碎；
喝巷酒，
醉。
人之飘然，
忘了自己是长者
还是少年。
但能明白
我就是布衣一件，
土法粗织，
随意缝合。
糙石堆斜路，
风吹袖
甩手走，
布衣褴褛
自在悠游。

知了

湖山小暑灼灼，
远树蝉声不断。
知了，
知了！
春携少年逃之夭夭。

楚天人·秋与雪

其秋，
残荷枯寂，
雨声点滴。
老而更成，
枯且丰萎，
悲欣冷暖各自。
掌碗仰酒，
倾壶酩酊，
迷迷糊糊，
伏在唐朝肩上。

俯仰之间，
秋绝冬至。
絮雪横来，
蜡梅补天。

雪上有人，
仿若丈二生宣纸上
凝墨点点。
眼眶发凉，
怦然心热。
南方雪，
温文尔雅，
楚天人，
铮骨铁血，
肝胆披沥。

暮 秋

涧水盛，
秋无垠，
青鹤追白云。
竹叶劲，
逐西风，
风掩斧樵声。
阶上霜
莫扫净，
留给踏路人。

且行且随风

晨霾
袭
山冲，
水淹七军，
蹚浑水，
找自己，
寻他人。

夕暮
占
草棚，
火烧连营，
赊片黄月，
当酒钱。
趿鞋拖步走，
且行且随风。

海棠安静

简陋仄逼小路，
清瘦摇晃木楼，
海棠安静，
依然满目。
一行轻风路过，
几重缤纷西落，
恍惚昨日背影，
拾捡余英两朵。

烟雨棹声

孤舟听雨踏烟云，
一腔雁叫裂西风。
凭栏指望江陵过，
莫让苍柳遮棹声。

觉 悟

白露为霜，

希望牵着渺茫

去流浪。

浪者

无域无疆。

黎明厚重，

黄昏宽广。

心思

落在难缠的泥塘，

暮色稠密

溺没了它的存在。

初生春雨，

撕裂深陷躲藏，

揉化新鲜希望。

亦书亦画

面壁十年，

磨墨

清甜。

蘸满笔

厚重，

一挥而就。

舍

时辰，

得

自己。

怯懦

晨曦
神秘漂泊
稠密的雨水。
竹叶迎风飘扬，
牵引细语绵长，
怯懦的我
把心念
捣碎埋葬。

不 屑

尘落，
拾一瓣黄叶。
落泊，
泯青灯一劫。

风波几渡，
望尽天涯路远。
烟雨难却，
无为歧道不屑。

潇潇漓漓

一绺西风，
几重浅山，
无情壁断，
有帐竹帘，
正是潇潇雨歇。

一片薄窗，
几缕青烟，
有漏灯盏，
无语哽咽，
却话漓漓残夜。

思念的声音

待在
窄仄的宁静，
我想要个
单独的黄昏。
月光推开
密簇的竹影，
把我叫醒。
烛光投来，
一朵黄色的光晕，
是那么的轻。

倚窗迷望
夜的深处，
藏匿一条
弯曲的路径。
一行小诗
从树梢上掉了下来，
那是我
思念你的声音。

云 朵

我
射手座，
提一弯弓，
装满囊好箭，
射远处云朵。
拉开满月，
呼啸声，
长直驱，
但破眼前泡沫。
金星掉落下来，
砸中我的脑壳。
抬眼望，
空空如也，
一片辽阔。

问沧桑

头顶黄昏孤单，
身随江河入海。
汹涌澎湃，
追波逐浪。
泡子直翻，
一顿乱讲。
望前方，
问沧桑：
何为顺者亡！
谁是逆者昌？

初夏

初夏腼腆，
暑不伤人。
泼弄山水，
闲定素心。
端把好琴，
坐进黄昏。

路途

人未老，

不彷徨，

一驾轻骑出秦关。

策马上，

故家乔木莫回望。

北水洗征衫，

乌山染容颜。

踏西风，

踢炎凉，

长阳坡上驱吁叹，

疾骏几时还。

人在江湖上，

何处烟火阑珊。

《反脆弱》读后感

我们来到这世上纯属意外，

冥冥中，

父亲把我叫了醒来。

意外，

有惊喜，

惊喜让我慌张。

意外，

出事故，

事故让我靠近平安。

世事难料，

所谓掌控，

都是天方夜谭，

说说好玩。

人生不与你商量，

难免遗憾。

人生不缺想象，
神采飞扬。
想象让我疯狂，
装模作样插上翅膀。
向上抑或掉了下来。
生命非线性，
忽上忽下，
螺旋曲线，
是它常态。
脆弱促使事物消亡，
“反脆弱”倒逼生命顽强。
此时此分，
倏忽想问：
世间何为第一等好事？
直教人生死相望！

《反脆弱》一书是《黑天鹅》作者纳西姆·尼古拉斯·塔勒布的新作。塔勒布向我们揭示了极其罕见而不可预则的事件如何潜伏在世间万物的背后，让我们看到不确定性有益的一面，证明其存在的必要性。全书充溢哲理，言简意赅，让人过目不忘。他说：“英雄是那些为他人的利益承受损失的人……”读了一辈子的书才弄懂什么是英雄，还有……

说 秋

陌上琴弦断，
风起秋声落，
苍苔黄叶无花果。

阡下气氛弱，
衣短人单薄，
寒露凄雨何处躲。

双掌疏雾掬，
只手擒余暮，
黄昏没落觅快乐。

执迷不返

剑气月光，
盈诗篇之上。
霜风霰雪，
敷短赋两旁。
一丝惬意，
几许恍惘。
三心二意，
执迷不返。

数柳读松

依秋亭靠疏风，
薄雾湿头巾。
登小楼望天云，
苍雁往南横。
细数柳慢读松，
草木拓枯荣。
度时辰复年轮，
莫厌此时分。

时 光

上世纪我们太小，
本世纪我们太老。
阳光浓厚，
月亮撇淡。
无上清静，
非常喧闹。
清早，
太阳撑着热脸块，
贴在冷屁股上，
我懒得起床。
半晚，
钩月挂起旧蚊帐，
我不想睡觉。

拿不起，

放不下，

举手敲门，

门搭子不响。

投足迈步，

尽是绊脚草。

时光溜刷，

趾甲缝里遛走了不少。

希 望

与时光轻松交谈，

思念转过身来。

荒凉种在

冰冷心上，

你用忧伤把它浇灌。

种子慢慢死去，

红土豁然开朗，

长出绿色希望。

秃笔苦茶

西窗梨花，
歪了进来，
燕子轻轻把它裁掉。
一树秃笔，
一坑苦茶。
清洗浊，
慢涂鸦。
斜阳一寸，
眨眼落下。

洗 沥

西阳
越过屋顶,
把夜
制造轻松。
风搜
昏晕,
淬过火的蜡烛
光芒纯正。
心念
从火苗上跳下来,
挨着肩膀,
靠向前胸,
把曾经
洗沥干净。

月亮缺半边

晨雪下的离别，
踏碎我的思念。
挥手夕阳间，
心慢慢撕裂。
抬头望月亮，
月亮缺半边，
有人在心上，
无人在眼前。
往事如风，
过路红颜。
唯有你的唇语还那么新鲜，
鲜得使人心颤。
萧瑟秋夜今又是，
占风借月
望人间。

月 偏

莫道三秦路远，
几座栈道水连。
一字南归北雁，
山高路远，
义薄云天，
万千思念月偏。

沧海桑田

昆明湖，
富春江，
吟诗观鱼好地方。
有牢骚，
尽管讲，
切记莫往心里想。

粤海茶，
渝州叶，
兴会诗人都不见，
听落花
读华章，
沧海转瞬可种桑。

度 化

抬眼望苍色，
俯耳读叮咛。
曲径危桥，
烟视媚行。
枝头两精灵，
轻松一啼鸣。
点缀平静，
度化众生。

旧 雨

金佛手，

菊花酒，

疏窗贴着湖边柳。

你从阡下来，

我往陌上走。

瘦秋风，

扑苍狗，

西水薄，

楫斜舟。

笺信难求，

清浅莫渡，

一笠旧雨会新友。

听不出沉默

我们似曾在哪里见过，
在路边的阶基，
还是小巷的拐角。
我们抑或遭遇同一场雨，
你举起伞，
我追逐你的背影。
你与风合谋，
把我湿透。
着急的雨，
牵着我的心思，
拦在你的前头——
却听不出彼此的沉默。

碰瓷人

零碎的雨
蘸着阳光
拼凑一座彩虹
我战战兢兢
行走单薄之上
不小心掉进山的裂口
扑通声
把拾柴的小村女吓了一跳
以为来了个碰瓷人

恋 人

黑夜里躺着
一双裸露的小恋人，
母亲缝制的衣裘，
遮盖胴体稚嫩。
弯瘦睫毛，
掩蔽不住彼此心灵。
蚊蝇轻声细语，
诱其昏昏。
年轻扑了上去，
血汩汩把墨色灼红。

小暑

湖山小暑宜人，
远树蝉声贴近。
敲键盘，
打回车，
写一匹马，
画一只狐狸，
莫给临窗的黄鼠狼
横眼睛。
集结的花脚蚊围着我吹口琴，
说我占了它们地盘，
拨动颜色
让我长记性。

挂在墙上的竹影，
对我一见钟情，
轻轻扶走我心中贫困。
寂寞是收藏的珍品，
莫轻易让渡，
要留给真正懂她的人。

雨

自从有了雨，

万物

无中生有，

惹是生非。

因为下雨，

生命

无端酝酿，

可遇可期。

雨

一丝呓语，

飘忽不定；

雨

机缘一线，

别梦依稀。

乞上苍下场大雨，

把尘土飞扬

嫌弃。

三月桃花

微风

扑面

揪心。

三月清寒，

不清贫。

丰腴的孤单

撒落瘠薄路上。

催生青雨，

坐拥山塘，

只要想起和你的高兴，

轻盈水面

就焕发出桃红的影子。

冰山雪地

我的梦从喜马拉雅掉了下来，
堕落蓝色山谷，
碰见白色精灵。
山谷撞得我鼻青脸肿，
精灵抚平满脸伤痕。
雪雕桀骜顶上旋，
俯冲直下，
拍打蓝天。
慌乱中
我抓住它的翎羽，
扶摇直上。
复回梦境，
喜马拉雅原来那么小。

冥 想

暑热不让秋凉跟得太紧，
把它甩在一旁。
已是秋日，
还那么燥不可耐。
早晨，
炽热还没醒来，
低吟你新诗一行。
浅读随意的娟秀，
蓦然想象……
我愿用沉默
换一颗新鲜红豆，
随风粘上你的裙摆。
不求它生根开花，
只想让你看看它的模样。

跳动的色彩，

能否

悟觉你的冥想。

朝露易去，

秋风日长。

愿你明夕的沧桑，

遇见今朝的情郎。

斜斜的星星

早晨，

阳光敲打地面，

趾高气扬。

傍晚，

雨点裸奔山涧，

情意绵长。

我不屑甚嚣尘上，

独喜欢清源流淌。

沉默是

铜脸盆盛满的雨水，

照亮我和月亮的脸。

水中新月，

戴在头上。

偷偷和斜斜星星扯谈

——

我想攀登你的肩膀。

庄重

我听到缓步
走近的黄昏，
怦怦心跳不停。
我愿伸出我的脸，
蹭一下傍晚燃烧的云，
我想亲吻第一滴夜色，
让心中的孤独庄严隆重。

诗和灯

一囊歪诗，
掉到便河湾，
溅起咕咚一串。
轻雾袭来，
春雨浸漫。
一字一眼睛，
镀上银光，
都是闪亮的灯。
微风追逐，
墨色撕破，
簇聚满天星斗。

和 解

晨曦解散了黑暗
万物轻松起来
看似复杂
其实简单
为了讨好今天
要学会和昨天和解

小麻雀

空空木房，
寂寂地板，
挂满灰尘，
铺就孤单。
临窗一箭阳光穿插进来，
牵动它们曼舞轻扬。
一只麻雀
挟晨露鼓翅膀
紧贴亮窗，
想钻进来领唱。
奈何技不如人，
把自己叩打“嘭嘭”响，
隔着明白长吁叹。

书香透粉墙

清晨，
门窗敞亮，
玻璃爽朗。
栖风，
置简单凉菜，
启顺口小酒。
帘下
泥炉烹淡茶，
书香透粉墙。
窗畔薄雨袅袅，
山外清雾卓卓。
心缘干净，
极目天外。

不敢恨长沙

为盛之地，
人杰物华。
濂溪一脉，
润泽万家。
湘汨余波，
遗江东达。
揽天一水，
谁恨长沙？

木 屐

夕阳低去，
灯盏立在桌旁。
白醴流淌，
青雾缭绕，
悠然忽前忽后。
吆喝喧天，
挂在墙上，
声音陡明陡暗。
槟榔壳子，
纸烟蒂巴，
霸一世上。
扬尘隐匿浮躁，
满眼彩色质感。

拖双木屐，

口吐狂言，

摇半片蒲扇，

粘一脚舒展。

捅星星

袭白色冬装，

系粉色围巾。

竖一竿紫竹，

捅一捧新星。

星星堕下为雨，

“咻咻”落地成花。

低头，

雨花扑脸。

闭目，

眼角温润流淌。

星星掉到桶里

提一木桶，
淌满井水，
放屋后空坪。
“扑通”“扑通”，
一升星辰掉进水中。
捞起一斤，
镶嵌秤杆。
制提纽，
做准星，
称
时间轻重。
余下半升，
捣石绿，
研朱砂，
搅动喧哗，
书
太平市井。

晨雨雪夜

晨雨，雪夜，良辰锦时，怎可荒废于睡眠。

我喜欢雨，不折不扣喜欢雨。早晨只要听见雨响，我就兴奋起来，断然醒了瞌睡。依稀远眺，满目润绿，后院树林在雨中郁了起来，胧朦中让人想念……

那年早春，我在河那边学校读书，周末放假回家，走在太平街上，突遇淅沥小雨，麻色路上飘洒麻样的雨，心身清新爽快，由着清爽，步履不疾不徐。忽感雨息，抬眼望，倏见顶上多了片亮丽的圆形小花布，一位年纪比我还小的姑娘替我举伞撑篷。沙沙雨落声，悄悄掉在心的下面，我不敢作声敛了自在与她并行。路旁隐约有人冲着我们在喊“小雨、小雨”，借了余光望见她微嘟小嘴没去搭理，倒让我记住了这个名字。

“小哥回家哒”，清脆的声音伴着湿润的雨，啊——她认得我？！

雨把我们淋湿在一块，一种莫名高兴爬上了心头。她径直送我到家门口，乌亮翘尾的辫子一闪，拖伞扭头即走。囫囵一声“谢谢”噎在我嘴里。

我喜欢她侧面柔美的曲线，还有一瞬而过黑亮的颜色。生平第一次感觉回家路那么仓促，太平街真不经走。

凹凸石板，丝雨缠绵，柔柔发辫仿若断桥畔柳梢轻轻拂过，若即若离。我迫不及待将雨中巧遇告诉我家小妹，还故作轻淡状描绘了“小雨”，这就轻易敲开了她的话匣。

小妹告诉我，小雨姓夏，比她高一届的同学，皮肤油润黝黑，眼睛透彻闪亮，有好事男生谑称她“黑牡丹”，小雨听之任之，不屑理会。她喜爱文学，擅长美术，大队学习委员，还有——

既知小雨出处，又怕醒了门子，慌忙将小妹的话岔开。

我，生性怯懦，寡言少语，为人迟钝，对喜好及向往羞于表达。逆来顺受，至今仍是指导我行为的准则。

其时，兴“知识青年”上山下乡，一声吆喝我妹追着同学到洞庭湖畔广阔天地练红心去了，随即我也被遣到湘西北纱厂去打工。“小雨”杳无踪辙。

……

我好看书习字，犹爱我们湘籍老先生的文笔翰墨。先生文章所向披靡，摧枯拉朽；诗词逶迤磅礴，古今无人能及；狂草气吞万里，比怀素还怀素。

我崇爱老先生的《卜算子·咏梅》，全篇不落一个梅字，就把梅的铁铮风骨表现得淋漓尽致，干净彻底。冬日，初雪午后，我负责编绘工厂迎春墙报，情及自然踏着先生指引的方向，书此词作刊头。先生的字写得何等好啊！我，一秉虔诚，使浑身解数仅近其一分形似。于是借用烘托和点缀来补板，在横条边款涂抹淡淡湖蓝作底色，其上，施枯笔着浅绛画松枝。仿工笔重彩之手法将深赭及玫红蜡光纸裁剪出梅的枝干和花瓣，取金色箔纸勾勒梅虬劲形态。一本俊俏红梅跃然字画之间，依着雪花，仗着暮色神气起来。

翌日放晴，我绕道察看墙报白天效果，透过晨光，昨夜神怡的刊头蔫在了墙上，整板墙报无精打采。看来书画之艺术必须讲究与光线和谐之搭配。立墙一望——心爱的梅花已被人撕揭了，揭薄痕迹鲜有，看来肇事者工作认真负责，作风温和严谨。我心存沮丧，贴近沮丧背后还涌上那么一点儿得意。我连忙再造一株红梅植在墙头，如鱼得水温暖起来。

夜，又添雪，我不经意走近那片墙沿。有三两下中班的纺工在墙报前窃窃私语，指指点点，我仅看到她们侧影，什么也听不见。只见其中一位轻绾长发窈窕少女儿近光亮，我，亦步亦趋，定睛看——

那是久违的曲线和颜色，曲线轻柔舒展，颜色明亮黝泽。

我，呆杵雪地，敛手垂袖，上身稍许前倾，双腿些微颤动，俯首甘为让她窃走了我的心爱。

望天，白絮横飞，迎风挫脸，好个十面埋伏的夜……

一篮月光

夜重，
披身梦，
出门西行。
上井台，
提篮月光，
打转身。
半篮晖光。
打扮茅屋子
新安的寿星。
余下光亮，
揩净檐下
两扇门神。
愿过往路客
看清回家的路径。

不躲雨

轻轻早晨
雨携风，
踩着安静，
小心拘谨。
肤浅的雨，
用
湿润的清醒，
教
我简淡干净。
小雨不躲，
冲上前去，
肆意狂奔。
生怕自己的躲闪
会让她伤心。

紫苏梅子姜

雾沉小窗微开，

露重半帘莫展。

迎风，

煮壶浅茶，

月下，

溶块方糖。

几上，

紫苏梅子姜，

谁解其中味。

桃李依旧，

又到伤怀时节。

不名之画

云哭脸

天
叹口气
就生出了云，
云
一伤心
就哭成了雨，
雨
落地成花。

响声

春水洒落湖面，
匆匆搅动
它迟钝的根。
你的双眸溢出
孤独熏洗过的清静，
那是未曾见过的
陶醉和精致。
风动水涌裙摆声
组成集合，
流淌心底边处——
过往动听迷人音响，
不过此时一曲回声……

翘头案

推开斑驳北窗，
暮色蹒跚进来。
天未晚，
翘头案上长卷展。
左手启太平，
右手卷既往。
倚月读画，
笃然清朗。

* 翘头案，案面两端装有翘起的飞角，是古朴、美观的中国承具，其适用展示字画，独特的翘头设计可以防止字画滑落。

明后天

海棠花开了又谢，
红紫薇去了又回。
时间像风车般把我追，
我始终相信
你会把我带去
未名的岸边，
是明天，
还是后天……
即来的日子
宽阔辽远，
意念
飘浮广袤无际之间。

色 彩

早晨的

橙色，

是我亲密恋人。

午后的

金黄，

是我绚丽情人。

晚风吹蓝了月色，

扎染浓郁，

留我一个迷彩的梦。

一页苍黄

秋水
又瘦又长，
每颗云朵
都下落不明，
每盏新星
全杳无踪影。
叶子
变黄生斑。
往年的风
冷酷盘踞树间，
脚下溅起萧瑟响声。
低头望苍黄，
拾起悄悄的你，
晾在荒凉梦上。

畸形

玫瑰的刺
是畸形的茎，
它不计较
春天明亮的闪失，
用畸穷身姿
维护茎干正常，
聚精会神
拥抱叶梢绽放，
它让放纵停了下来，
觉悟美的神圣。

流淌

菩提树直抵天的眸子，
戳下纷纷泪滴，
那是淹没尘嚣的清醒。
我吝啬自己泪水，
只允许眼底干涸时
才让它偶尔出现。
感性的痛苦，
理性的泪。
慈悲昨昔过失，
不负今朝热爱。

雪藏

一本梅花立庭前，
潇潇歇歇。
冬月夜，
飞雪追蜡梅。
倚天
噙泪，
我追谁?
倾尽所有等候，
流风
回雪，
把孤单的谜底
藏在绵密宽厚白色下面。

掷地有声

我爱红山茶，

满树的焰色，

一茬一茬，

它

绽放热切，

褪去直接。

不像樱花，

一片片撕扯，

拖泥带水。

不较海棠，

羞羞答答，

一点一滴伤离别。

山茶花，
一派火红，
似南疆行动的热血，
仰天长啸，
壮怀激烈。
待春去过，
朵朵凛然陨落，
把最后呐喊，
掷进永恒旷野。

惜海棠

仲春，
雨一场，
尘土洗净，
满目新颖温馨。
骤雨砸窗台，
溅起金属的声响，
接一点一舔，
甜的。

窗外

海棠横竖过来，

精瘦斜枝，

牵扯雨水轻润流畅，

丝丝串起花瓣

婉然舒展，

玲珑心事，

一目了然。

往日相邀人，

何当共雨惜海棠。

寂寞的温度

轻巧闲院，
阶台斑驳，
几点枯笔，
一线浅墨，
矮墙快递旧时风。
黄裘君子檐脊路过，
闪袭尘烟；
青衣花旦阳篷匍匐，
转瞬无辙。
雨浸海棠清高冷，
炭烹山茗厚热情，
一垄花，
满室茶，
用寂寞焐热手心。

* 黄裘君子，黄鼠狼；青衣花旦，青蛇。

扮嫩

时间蜷缩
笨大钟上，
廉价兜售自己。
想得到它，
我只能贩卖
读旧的诗集。
迁徙是非，
遗忘过错。
把自己伪装年轻。

立正

——

劳神费力，

稍息

——

酝酿情绪。

认真蒙蔽眼睛，

让钙质的外壳

迟滞凝重。

向往

码头
晨轻露重。
租一只船
借一片云，
把向往
挑在桅杆上。
往西
向黄昏，
客栈
暮重雾轻。
你撑豆油灯，
亲亲候着
我的停顿。

晴雨天

晴天，

雨天，

望着你的眼睛，

就是站在湖边。

心意招摇，

思绪缠绵。

风

倦斜阳，

刺穿

平静的湖面，

挥霍

年轻诗篇。

翡翠摆件

深秋后院，
有兰花如蝴蝶
高贵
典雅，
叶片厚实，
花写玫瑰色。
逾斜风，
有肥硕蚱蜢
趋炎附势，
热嘴唇紧贴
冷屁股上。
突兀眼，
微微醉，
卑微一息一喘。
晨起叩首
晚又回味，

披薄暮
拾朝露，
纹丝未动，
造型不变。
不让冬日过来，
把自己琢磨——
一枚翡翠。

年前，朋友小晞送来蝴蝶兰一株，我将其置树荫下，春去夏来花不败，花开晚秋无忌惮。傍晚，举灯见兰厚叶上歇伏一蚱蜢子，欢喜。次日晨又至，它在。是夜，好奇提灯照，它还在，其势不变，诱发歪诗一串。

种月光

夜一样颜色的马，
卸下通红太阳，
匆匆装上
干净月亮，
转身把它倒在
路边井麻石边上。
一小块溜到井里，
活蹦乱跳
把井壁敲得嘭嘭响。
清晨，
少年井台汲水，
一晃一摆，
吊桶装满淋漓月光，
浇灌刚栽的树苗。

他

屏息默念，

合十祈愿：

明夕

长出活脱月亮

空城计（写于戊戌年正月）

我们都是诸葛亮，
住在天心阁下的空城。
风吹马尾松，
似旌旗晃动。
尘土杳无，
不见扫地老兵。
城外的八哥，
一阵又一阵，
不敢轻举妄动，
唯恐留守老将军
逮去油炸清蒸。

这倒成就了，

我们这些原居民

了撇清静。

愿大军常驻城外，

我等竖子，

长居三国古老之中。

菊 来

夕阳西靠，

远处朦胧，

一声雁去，

一行菊来。

指点年华

既往藏在
残破拓片之下，
与光阴隔断。
渴笔指点，
封存的年华，
简帛铺垫，
水墨洒脱。
挥别中，
拥趸
一瞬间
一角落。

希望鲜艳

帘栊踮起脚，

站在窗边，

望春天。

窗外

腌透绿色，

门前

翠拥红嫣。

迎风

我喜欢爬上梯子，

伸手就能摸到

新桃横联。

舒展身姿

轻轻触动，

希望的鲜艳。

美丽迷惘

你悄悄走出闺房，
迎上汪汪月亮，
落下美丽迷惘，
瘦身臃肿的黑暗
……

穿针引线

炊烟
背负童年飘过屋顶，
腾云驾雾，
向谁边。
少年
趴伏树梢伸出手来，
摇摇晃晃，
掉在地上。
瓦檐飞翔细雨，
细雨
穿针引线，
缝合伤破的孤单。

初 恋

我想找寻——

失散多年的初恋。

湖水，

我的语言。

雨点，

夹杂私念。

落雪，

洒下迷离。

阳光，

泼洒渲染。

早晨，

迷雾潦草

难以识辨。

夜半，

闪电

帮我做出选择。

遥望天边，

发现

辽远的空白——

做 多

下午散场，
夕阳
架空彷徨，
倚傍东山高阔，
垒起
赤色石块。
驱风搅月，
淌动盈盈光亮。
指使朝露，
做多早市希望。

巷子仄处

不在冬，
也不是夏的黄昏，
你把我牵扯巷子仄处。
墙角风
软软呼吸，
檐头雨
更新情绪。
碾过风，
望向你的脸，
穿着雨
我
深深把你抱紧。

慢笔写文章

我喜欢
早晨八九点钟的太阳，
那是
一天最好时光，
斜斜慵懒在客厅躺椅上，
用晨起的清醒
改写昨晚迷糊的文章。
门前山塘，
游鱼子乱窜，
帘下窗外，
冬瓜挂在树上，
辣椒趴在路旁。
我偏好边敲电脑边听音响，
踏着轻盈节奏
心思缓步来。

轻研烟墨，
慢笔写出安静文章。
眼睛弄花哒，
就上后院稍息、
凉快。
仰望青云，
追逐白驹问遥远。

何去何从

云层掠走月光，
霾尘碾压大地。
我把手伸进夜空，
雾就弄潮了心情。
稍许移步，
全身就会浸湿。
路灯老眼昏花，
散着失神的光晕。
迷蒙无垠，
何去何从。

孤孤的桥

我在干涸戈壁上徘徊，
去寻找年轻的目的，
困倦无期
憔悴心疾。
我只想
觅一家
浸在雨里的客栈，
悄悄把自己的孤单
搁在那里
……
清晨
享受雨点的清理，
把心灵滴答干净。

午后
找个雨一样的女孩，
用雨的频率和着她
湿润的心迹。
傍晚
松散的雨
砸在空心阳光里，
朦胧架起一座
孤孤的桥。
不知道，
沿着桥，
我能否读到她的背影
……

自然自在

你，

环拥沧桑，

抚动荒凉脊梁，

任凭风样猖狂，

肆无忌惮。

远处的涛声，

悄然退去。

倦倚喘息，

我要自然想象

……

我

抹去嚣张，

拎一片随意，

别在贴身的衬衫。
朴素的雨，
安静而来，
把我淋得简单。
燥灼隐冷了下去，
自在的现在，
无穷的未来。

觉睡自然醒

斑驳门，
泄西风，
昏灯漏盏，
斜影听雨声。

苍柳鸣，
草木浑，
刀耕火种，
薄雾拌烟升。

登小楼，
成一统，
从心所欲，
觉睡自然醒。

阿弥陀佛

甚嚣尘上，
只想清静。
捻串月光，
踟蹰
山的歧径。
心思
寄存干净；
隐秘撒得轻轻。
不奢其果，
但愿
阿弥陀佛！

佛

禅 意

西苑，
苍劲香樟
繁茂榉桂间
挤坐一位玉兰姑娘，
被压抑得横直不得展开，
单薄柔弱的她，
浑身花蕾囚了一冬半春，
按捺不住，
伸长脖子尖出头
向外打探。

初春阳光积极向上，

迎着橙黄，

红花玉兰寂然绽放，

洁净安详莲花一样。

满树嫣红，

颤动微风，

撒下丝丝禅意。

迷了路人，

慌了自己。

只想恋爱

乌色发辫
似酥油明亮，
丰硕胸脯，
像雪莲花盛开，
灿烂面容，
是心中白度母。
我握不住爱情的速度，
让她从指缝中溜走流浪。
是收藏——
拥有，
是释放——
呈祥。
是张还是弛，
是收还是放，
一片迷茫。

依靠窗棂，

极目天外，

望不见心幡，

找不到镜台。

佛啊，

赐我力量！

让心找到皈依的菩提，

还有那清怡的姑娘。

爱是兴奋释怀，

还是忧伤无奈？

我愿化作一滴殷红，

流经你的心脏，

只想看见你心里模样。

格桑花耀眼绚丽，
母亲温柔抚爱，
情人明媚笑靥，
一齐浮现在眼前。
为了你，
为了自己，
我只想恋爱。

朋友与时髦

篱笆围成的小院，
住着我三个朋友：
宁静、随意和闲逸。
宁静时常待在书屋，
与茶汤和薰香陪我扯谈，
所有对话，
感觉手中书上都有记载。
随意淘气伏在草地上，
跟着瓦雀向我张扬，
拂袖搞自己的，
一句话都不讲，
不上他的当。

闲逸靠着我站在金色银杏树下，

举目斜望。

轻轻挑几枚橙黄扇面，

将《自然自在》的诗集好生打扮。

隔壁住的时髦像彩色纸片，

在街上游荡，

一阵世风燥热刮来，

把她吹捧到路角上方，

一眨眼，

不见了……

时光浅绛

如果时光有颜色，
那一定是浅绛，
层次分明，
泼墨重彩。
我偏爱敦厚结实
秋分夜晚，
忙人之所闲。
涂抹西墙的黄昏
愈冷愈重掉了下来。
秉烛来到后院，
烛光把黑幕豁开
深邃窟窿。
窟窿边上的黑暗，
墨渍一样泛滥。
近处潦草落叶，
衍生明媚光亮。

远顾苍黄，

轻烟弥漫，

匍匐夜晚宁静，

悄悄搜找自己的激动。

要下雨啦

傍晚，
雷一直鸣喊着：
下雨啦，
要下雨啦！
四周的绿愈来愈沉，
像画作上
渲染浅浅的水墨，
墨绿起来，
稀疏隙缝
被它映衬得明晰光亮，
雨还没有落下来，
那一片绿就湿透了。

随 意

随意的绾发，

微翘的下巴，

我喜欢这恰当的好。

你的突出藏在宽松的衣袍，

躲得那样巧妙。

心思透过起伏，

依旧不知分晓

……

伤感

南飞的大雁，
舒展身姿
在深色交错的树影间
一横一抹。
她们搅拌我的心思，
让我稀奇古怪地想象……
想象随从飘荡的云层，
任意西东。
我要和着她们在空蒙中
喧哗声响，
趾高气扬。
望着清凉天空，
我像迷恋你忧郁眼神那样，
喜爱秋天悲伤目光，
沉醉自由幸福伤感。

花衣姑娘

捧撮泥浆，
垒垱土墙，
掺点浊水，
盖我瓦房。
闲书几册，
鲜有茶汤，
小盅黄酒，
一碗粗粮，
大红辣椒，
两荷包蛋。
但触朝露，
珠落花残，
鸡鸣狗跳，
粉墨登场。

避舍纷争，

低吟浅谈，

似水平静，

如云清淡。

黄昏，

与穿花衣的姑娘悄悄商量：

“燕子，你好！

请来我家筑个新房。”

有点意思

路过你的家门，
雨点滴个不停，
脚步由重变轻，
意思由浅入深。

心头一热一怦，
生怕碰了熟人，
转目扫望随意，
思念却是认真。

油画

密茂乌亮的发梢，显示着青春的实力。

她的臀部坚定地抵着腰间软滑的曲线往上翘，圆润鼓舞人心，规模有点偏小的乳房优美清晰地起伏，皮肤泛着富有弹性的光泽，清新可人。那是一幅不被色彩束缚的法国十九世纪著名画家雷诺阿笔下皮肤会“反光”的人体画。

她勾人心魂的美，沸腾着一种剧烈的却又温柔的情绪。一股真正的忧郁袭据着她，她的一切展示着，安泰面对强烈的不容分说的猖狂。幽暗的波涛上升膨胀，一波一波荡到悠悠的远方。

国画

得豆再种瓜，
无客来分茶。
闲居足养志，
至乐莫如画。

疾疾书斜竹，
点点涂昏鸦。
赭石藤黄重，
花青石绿加。
随风来写意，
没骨隐无涯。
屏气工勾勒，
泼墨显大家。

没有人不爱她

茉莉花朴素寻常，花蕾不争热闹，枝干不取挺拔，叶翠层层叠叠，花素一茬一茬，整个夏天洋洋洒洒，勃然向上，竭尽全力萌发新的希望。

一些人有些物，你跟他们相处时间稍长，其予你的影响会渐渐稀释淡薄，而不论你同茉莉与共多久，每当你劈面碰到她，你会感到她清馨弥漫，滋生出对她强烈的依赖。

莹白趁着碧翠欲滴，随风自在，凭着一副江南女子娇小玲珑身段，窈窕而至。透出她的心思，散着一股让人沉溺的气息，怡情大方地钻入你怀抱。端详岁月里的相遇，一丝浪漫，一生牵挂。夏日清晨，有幸见到她的人，没有不爱她的。

木槿姑娘

盛夏，万木将息，群芳即谢，木槿，舒摊身姿，崭露头角，迎热浪，接凉风，在交叉的季节里显摆自己最美的姿势。面风直上，逐浪趋高，轻轻巧巧就把大伙抛在了身后。

木槿，相传是北域的国花，高贵雅然。

木槿出身名门，骨朵里依然草根。她持有国花的傲然，却藏着草本的韧性；她有着平淡的韵味，又有心跳的激动。她似溪一样快乐，像泉一般清新。殊荣灼灼，朝开暮落，躺在地上的花朵还未来得及想起曾经的灿烂，就被新的明媚照亮。

仲夏早晨，东篱下两位伴着微风婀娜的木槿姑娘手牵手朝我走近，我喜欢左边的活泼雅致，却爱上了右边的质朴宁静。

半拥月光

欸乃一声推窗，
低微一息吟唱。
瘦泓残荷，
弄皱满空星斗；
弱柳风竹，
牵扯阵阵清香。
孤单浅薄，
半拥月光。

胡琴

中外所有乐器中模仿人类声音最相像的当数二胡。二胡亦称胡琴，一曲“唆咪哆哆啦来”就把长沙人的雅痞刻画得惟妙惟肖，淋漓尽致。不信？你可手持弓弦试着按照上述那段简谱轻轻拉奏，会有奇声妙响。

我唯一把弄过的乐器是胡琴，正儿八经地拜过师父学过艺，然不专心致志，不得也。于是钦佩仰慕那些会拉胡琴的人，巷子里五号楼上，有郑姓盲者，拉起胡琴情感豁然技艺娴熟，如诉如泣、如怨如慕，时而高亢、时而婉约。巷民的心弦时常被盲者的琴弦牵领得一张一弛，亦步亦趋。清晨，声韵轻扬，借着敛然张力，把屋前的巷子拉得悠远深长；黄昏，曲调凄凉，散发淡淡忧伤，于闷热的阶台洒落细雨几行。

夕阳爽朗置层叠檐瓦下展开，琴声荡漾粼抚温煦光彩，傍晚我哪里都不去，就待在陋巷守着夕阳听琴声。

钟声朗朗

超市广场，
矗立一架笨钟。
步伐规整，
声音洪亮。
我家小酒窝两岁
初次与它见面，
惊愕兴奋
竖着凤眼，
上下左右前后来去
打量一番。
他
时而抓住钟摆，
时而将它放行，
打乱节奏，
用招牌式笑声，
制止它行动，

嬉皮笑脸地不让时光从小手中溜走。

钟突忽

引吭歌唱，

他

抑扬顿挫

放肆叫喊：

当！当！当！

夜半钟声，

船来了……

笑声从酒窝里淌了出来。

新涛拍旧澜

秋分，
站在金色的一片，
热情地生活，
伟大的疲倦。
突然想起了爷爷：
上世纪初
辛亥年
武昌，
清脆枪响
刺破残敝秋天。
已经早已过去，
古老江岸
铁血依然。

将来正在将来，

满月高耸树巅，

江枫漫天红染。

湘水北上，

新涛拍旧澜，

向东

绵延不绝，

携百川

入沧海驻桑田。

* 我爷爷曾参加过武昌起义，以此诗念想他。

茅屋灶膛禾场

稻草屋顶，
棘条柴门，
泻泥巴糊墙壁，
那是青春曾经的宿地。
黄昏，
潮湿厚重茅屋顶
炊烟缠绕，
夕阳巡回，
不经意追尾少年的懵懂。
灶膛，
草灰星火隐藏
粗陋的瓦罐。
残缺碗盖
吁声吐气。

老木茶叶掩护豆子芝麻

不动声色潜伏下去，

散发诱人气息，

透彻整个厨屋。

禾场，

烟雾盘袅，

少年着实地按亮加长的手电，

光束蹿蹿直上，

刺探头顶上的迷茫。

捡撷

捡一片深秋落叶，
轻拢慢捻，
贴着湖面撒去，
植下万顷新棉。
撷夕阳一截，
精挑复选，
临空拴住树梢，
云淡风轻赎永远。

听雨读兰

临栏一株雪，
趁兴致架火盆，
置行头，
浅煮茶。
红袖临窗，
听雨读兰。

人生几清明，
随时辰静下心，
承古法，
醅新酒。
划拳猜掌，
淋漓酣畅。

不丈量

轩窗枫树叶正黄
疏雨轻烟独自凉
心猿意马追风去
一胯浮云不丈量

一柯轻梦

你
目若秋波，
纤丝细线缠住了我，
心思当成抵押
闲置你心的角落。
太阳出来，
两眼昏黄，
你的俊朗模糊重影。
太阳退去，
满目黄昏。
暮色掉了下来，
你的目光爬上头顶。
夜半
天寒，
五更僵冷，
敲落一柯轻梦。

多雪的冬天

多雪的冬天，
我无病呻吟，
伏在残旧书案上，
流露病句两行。
病句弱弱亮，
能否跳到你的眼前？
过往
答应轻快，
絮语亲切，
悉数涌来。
如至今
来随影去无踪。
温度不是变冷，
而是从来没有提升。

我像跛脚鸟，
蹦到河沿，
望西边。
西边冰冷白茫，
划出一爪痕迹，
落下一出哽咽。

纸能包住火

红纸虚心，
腹中竹骨铮铮，
灯笼婆娑，
摇摇烛火温驯。
望楼阁，
我信——
纸能包住火。

万象周全

顺着节气，
藏匿云中，
纵使雷霆万钧，
却是勃然厚重。
随时准备
唤醒冬眠的沉闷。
夏日盛大，
蓝有万顷。
以艾为剑
斩百毒为泥。
挟秦琼、
尉迟恭，
逐
久违形状，
复
万象周全。

路过错过

檐下，

遇见你。

你回眸一笑，

明媚，

惊艳，

迅雷不及掩耳。

你的美

太迟地向我展现，

错过了

新月的夜。

或明天，

也许最后的今天，

我去哪里找你？

时间仓促，

局促屋檐。

我依稀听到你说：

明——后——天，

桃——花——仑——

那天，

下雨，

瓢泼雨，

资水汹涌！

我做不了“桥下尾生”……

春 雨

今春
第一颗雨，
掉眼前，
落心田，
轻盈抚平皱纹，
枯叶蝶变希冀，
淅沥小雨，
十里缠绵。

云泡茶

春来初雨，
洗旧尘。
入春一日
水暖三分。
到白鹤泉
喝茶去，
上云麓宫
泡片云。

二八单车

我

穿胶领白

衬衣，

蹬回力鞋，

骑一匹除铃子不响，

四路子都响的铁黑坐骑，

从街头俯冲下来。

前轮是风，

后轮为火，

车把子是黄飞虎的神牛犄角，

车链恰似流星锤，

辐条乱箭穿空。

吆喝一声：

咯条街上最靓的仔——

我来了！

转弯下岭，

突见前面有人，
伸出右手掀开，
回力鞋使劲擦地，
奈何回天无力，
人仰马翻，
倒地啃泥。
风火轮朝天旋转，
铃铛如锤飞将出去，
五色牛犄角严重变形，
白衣公子
一个鲤鱼打挺站起，
俨然隋唐第七条好汉！

慷慨的可惜

日落，
月亮羞缩
胆怯跟在我身旁，
我在你思念的范围外彷徨。
不知疲倦的小调跑偏过来，
我懒得去追改。
尴尬的笑声沉重掉在
阴暗角落。
天际的闪烁慢慢隐去，
黑暗中流淌荒唐句段：
我前世连着黎明，
来世我靠近黄昏。

黄昏介于白天黑夜之间，
是神秘和坦率的粘连。
我们把一个接一个
神圣调和的色彩送走，
送得
那么慷慨，
那么可惜。

一分钱（非虚构）

很久很久以前，
小巷
窄门
麻石路边，
炽烈煤炉下
横把火钳。
前头有人掉了
硬币一分钱，
小同学去捡。
“银壳子”上手，
熗得直跳，
两指焦黄，
一道青烟。

火炉旁

燃起笑声一串，

一串一串，

连成一片。

原来如此——

这边那边……

我：

炉边肇事顽童？

受一烙铁小孩？

还是拿酱油瓶子少年？

我在现场？

或根本不在现场！

听 花

樱树下
我听过一场完整的雨。
优游于生命之上，
自在地听懂花和一切无声之物的声音。
突然想起你对我说过，
喜欢花。
我只想告诉你——
每朵花都像我一样梦想你。

黑马一匹

夜厚重，西风起，远处云屯雾集。

捻灯，读先生的十六字令：

山，快马加鞭未下鞍。惊回首，离天三尺三。

山，倒海翻江卷巨澜。奔腾急，万马战犹酣……

其词句气势磅礴，移山填海；之翰墨堪比怀素，狂放激扬。

我，一时兴起，装模作样，效法先生写起字来。轻研砚，紧握笔，涂写“奔腾急”。人拘谨，手生疏，弄得四路滴水，水墨淋漓透生宣。翻过纸笺对灯照：石崩风裂，一骑墨马落眼前。

我，惊诧莫名，低头运神。忽闻“嗖——嗖——”响声，只见黑马冲将出去。墨色中，黑眼珠闪烁亮光，毛发竖起，嘶啸连天，踢着沙沙落叶，踏出一路白来……

四出头官帽椅

时间平易、
古老地流动，
流向我家息歇的堂屋。
徜徉的水花
溅在
西侧老旧明式官帽椅上，
生成结实包浆。
倚着时间，
它散发
无可比拟的气息，
舒展身姿，
简洁明快，
仿若旧式文人
柔韧豁达气节。

诚惶诚恐坐在椅上，
眯眼仰向
温和闲适两出头靠背，
谨慎抚摸
光亮润泽两出头扶手，
仰俯间
心思净化。
摸索时光
朝古老膜拜，
冗长繁杂如斯漂去。

长沙人

长沙人，
满腔血性，
铁骨铮铮。
想当年，
小鬼子过楚河，
有人示：
此地余三户
国不亡，
其怯之。
于是乎，
长沙三次大会战
历四年挫倭寇。

惊天地，

泣鬼神。

长沙人——

红色热土，

纳酷暑

接湿冷，

极端天气

历练天地英雄。

两个射手座

我——

持久的少年，

经常十六岁。

穿粗布衣

呷糙米饭，

天天在太平街西巷

溜来溜去数麻石。

累了就靠在木电灯柱上

蹭自己的背脊，

仰天打哈欠。

我所说的一切都是真实的，

不是我的真实

就是别人的真实，

不过这一切你也不要太当真。

那天

我这个有了一点年纪的射手座

跟我外孙那个半岁多一点的射手座

悄悄嘀咕，

要他满十六岁时

适时找两个女朋友，

他择一个剩下那个给外公，

他哈哈笑

算是应允，

一想起那天的到来，

我家屋前小塘

就映出了桃花的倒影……

远 去……

外婆生于光绪末年，
二十八年前兀然远去，
如一抹小草
落泊在广袤之中，
一身隐寂得
好像从未在这世上存在过。
我不喜欢描写
真实肯定的死亡，
那会引起我
无限铁铸的惆怅，
外婆的远去，
第一次感到有种东西
在我生命中消失，
永远不会再出现了……

散 棚

晚欲雪，
挑灯，
泥炉旁，
聚朋。
谈笑鸿儒，
往来有白丁，
同窗少年，
温故又识新。
上绿醅、
沏乌龙、
炒蚕豆、
煮花生，
搞脚手不赢。

指剑赋诗，

掌碗仰酒，

谁能跟我来一回合？

捋袖舒拳，

拍案叫庄，

你敢跟我掷一孤注？

散棚！

天地为诗

天地
与我并生，
万物
为我所用。
指沟壑纳海，
使崇山破天。
追逐白云，
一马平川，
跨越诗的境界，
悄悄播撒种子。
种子
落地生根，
盘根错节。
枝叶
勃然向上，
抚地参天。

潦草的凌乱

月入小舟，
水轻菊瘦。
临桥头，
饮西风，
喊山
问天，
一声吆喝。
叶黄
花落，
潦草人生，
凌乱好个秋。

不要胁迫我

昨夜，
蒙蒙雨，
携着轻轻梦
缓步走来，
你躲在它们中间。
早晨
一束性急的光
突然转弯
击中了我，
把昨夜的黑
点亮，
我看见模糊的你。

一个鹞子翻身，

伏案

研墨，

默写你给我的诗句。

手腕扭动，

袖口生风，

酽茶冷粥，

焦墨偏锋。

你的婉约胁迫我的豪迈，

滴答在 A4 纸上……

半丛小诗搜往事

窗外，
一轮黄月，
星稀
三两点。
屋里，
灯豆倾斜，
瘦影抖动，
卡在旧墙的裂缝里。
少年顺着当口窜下，
记忆陡然而醒。
背负恍惚，
弯腰捡拾半丛小诗，
去搜罗散落往事。

修改现在

我喜欢雨，
任它款款走来，
把自己热爱。

雨
顺着鬓角欣然落下，
流经肌理，
渗透思想，
恣意修改我的现在。

雨
轻盈
丰沛，
与衰老无关。

与未来无碍，

融入它

和自然浑然一体，

无限蔓延

穷尽展开。

庙堂高处

朝起，
雾满
群峦。
泛起贫乏的想象，
拨弄幕天席地的轻狂。

阳光渗透进来，
极目金亮。

山
在脚下，
满腹经纶。

水

在眼前，

步履豪迈。

高处

庙堂，

鼓乐相闻，

旌幡在望。

惜惜秋分

我写那么多假设，以至有些梦幻，就是想把真实的情感装在里面，让知情的你能轻易地找到它，对他人而言那只是离奇的虚构，慌乱的描写。

十月，秋分。

我邀你上我家做客。清晨，我在屋外等着你——寓所左侧的林荫道旁，伫立三株参天的银杏树，披着金色的纱衫，风把它们的秋裳遗落在路上。踏着金黄，沙沙作响，仰望黛蓝色的缎面泛着金晕的光芒，昏昕遐想……

倏然，你在背后把我轻轻拍了一下，转身，时间与我一同驻足。喜悦像天空一样清新、爽朗。一颗太阳可爱地从树梢上蹦了出来，把它所见到照成响亮。

我们朝后院走去，后院有一侧门，从那里可去附近的河边。连接侧门的是一道弯曲的小路，它如此狭窄——窄得容不下我俩并肩而行。你兴致走在前面，我紧随其后，轻轻拉起你的手，把前额抵近你的肩头，读到你身体散发的热情和内心的跳动，稀罕你那年轻的起伏。

小路的一切予我激动，激发着我的情感。爱，落在当下，就在身旁，仿若向我招手，伸手就能够及它。我向往爱情，然而敬畏它，我还是有些迟疑，赶不上绚美的节奏。俄顷，它又回复到早先的间隙，我并无本意地让它可望而不可即。前面悄然飘拂一声吁叹，极其低沉，与其说是我听到，不如说是我的想象……

望着远去的背影，我只想轻轻告诉你——我的心里存在足够的对你的热情，一直到你认为不需要时为止。美好有时是种等待，那是件很累的东西，我能背负住这种沉重。

又是一个十月，却是夜晚。

独自一人走在林荫道上，暮色中的道路清冷悠长，三株银杏树依旧矗在路旁，色彩模糊的叶子沙沙作响，天空是那么凝粹，凝粹得有点慌张。瞬间我听到枝丫上闪动的鸟鸣，离我如此之近，如此纯净，如此悲情，是不期而遇，还是远久的约定，靠着树干，微闭双眸，一声感叹。轻轻一声感叹，倾入了我所有的信仰——

黑色的夜幕潮水般淹没了眼前的一切，我再看不见任何的闪动……

孰远孰近

没有更近的
接近，
没有更远的
遥远。
夕照远处山郭，
雾遮当下草芥。
天边
近在咫尺，
眼前
视而不见。

心忧天下

暮秋
尘掩土，
冬初
霜会雪。
世事
空旷冷落，
居家
四壁徒有。
有空闲
举头牧云，
得宽余
俯首布海。

生死间
悲欣莫念，
兴衰时
随命由天。

芥子须弥

时光甬道，
每个瞬间，
都隐匿
曾经，
每个褶皱，
都遮蔽
走过。
那是渺小的自己，
弯曲的我。

然而通透闪烁——

照亮全身，

照响四周，

朝未知，

向飘忽

照去。

缝隙取未来，

芥子得须弥。

一微尘里三千界，

半刹那间八万春。

跋　　森林低语

我对植物的绿，天生喜爱。我刚来到这世上，一位盲眼老僧就告诉外婆，说我五行缺木，她老人家指望我今生能获取生命中的缺憾，于是赐名给了我许多的木。外婆应该知道我源于无垠的草木，可能出世时忘了将其携带，想借此唤醒我来时记忆，不负前世机缘。

外婆已去了天家，天家的路我不知道怎样走，上哪里去找她老人家谕教。

世间，生命之物，唯树木高大、长寿，“千年的松，万年的柏”。世上，我最弄不懂的一句话，唯“十年树木”。木本平行于一切生物，悠久于人类，其天命较人长了许多，百年千年的树木比比皆是，人就那么几十年，能上百年的就相当不错了。让人树木，真不知深浅厚薄。是人树木，还是木树人，谁搞得清？正宗成材之物，从来不是人为树起来的。十年能树哪杆子木！那立起来的是盆景，还是畸形？千年万载擎起的参天大树乃天设地造，苍山莽莽，草木冥冥，造树了人类，造就了生命。

我喜欢高大威猛的乔木，那擎天的绿，仰着脖子望，让我敬畏；我喜欢卑微纤弱的小草，那俯地的绿，一脚都不踩，教我崇拜。寂寂的绿，风一样细腻，轻轻荡漾岁月的涟漪；坦坦的绿，风一样自在，沸沸涤净苍穹的云影。

我不喜欢人为制造的绿，它没生命，亦无灵性，我鄙视隔壁股市那令人窒息的绿，它诱惑了贪婪，蚕食着性命。

只要下雨，不管傍晚还是清晨，我喜欢独步院后的那片树林。望着逆光连天的剪影，心潮起伏，不肯平静，忽然感悟，我迈步尘世之前，曾在那里待过。我与它们如此熟稔，这般亲近，终究离不开它们，仿佛到世上一趟是开了次小差，走了遭亲戚。有人说，人都死过一次，他在出世之前曾经死着。此话有点道理，但我更相信：人的生命是不会终止的，死亡不过是对另一个旅程的悄悄试探，是对回归永久番地的独自穿越。那神圣之地不曾产生终极，不会遇见歹人，没有尔虞我诈，只有恒定的印记，安静的年轮……

树有命，不移动，根扎何处，永固何方。抚水托云，杳无颠沛流离之苦；立僻静处，览尽世事苍黄之幸。你若不离，它定不弃。吾愿面生命之绿，托嘱来世，浸润其间，共染沧桑。

图书在版编目数据

自然自在 / 刘松林著 . -- 长沙 : 湖南文艺出版社，
2024. 10. -- ISBN 978-7-5726-1996-0

Ⅰ . I217.2

中国国家版本馆 CIP 数据核字第 2024JK3360 号

自然自在

ZIRAN ZIZAI

作　　者：刘松林

出 版 人：陈新文

责任编辑：李　阔

内页插图：毛国保

书籍设计：肖睿子

出版发行：湖南文艺出版社

（湖南省长沙市雨花区东二环一段 508 号 邮编：410014）

印　　刷：湖南省众鑫印务有限公司

经　　销：湖南省新华书店

开　　本：880mm × 1230mm 1/32

字　　数：100 千字

印　　张：7.125

版　　次：2024 年 10 月第 1 版

印　　次：2024 年 10 月第 1 次印刷

书　　号：ISBN 978-7-5726-1996-0

定　　价：58.00 元

（如有印装质量问题，请直接与本社出版科联系调换）